Gejagter Grüner Palast

Daisy Scarlet

Gejagter Grüner Palast

Mehrere Kilometer von der Stadt entfernt führt eine einzige Straße in die Außenbezirke. . An den Seiten dieser Straße stehen hohe Bäume. Sehr alte und uralte Bäume. . Sehr mysteriös. . Es fühlt sich an, als würden sie alles sehen und verstehen. . Außerdem lächle ich. . Wenn Sie nach oben gehen, beginnen Anzeichen eines Hauses zu erscheinen. . Kein Haus, sondern ein großer Palast. . "Grüner Palast" ist sehr alt. . Mehrere hundert Jahre alt. .

Dieses Haus, das sich über Tausende von Metern erstreckt, ist völlig leer. . Vielleicht für immer. . Niemand wohnt darin. . Niemand kann bleiben. . Wieso den?

Weil dieser Palast heimgesucht wird. . . "Komm Apfel".

Es war sehr kalt. . Heftig. Eine solche schwere Erkältung kann vor anderthalb oder zweihundert Jahren aufgetreten sein. Ich erinnerte mich nicht richtig. . Ich erinnerte mich an Kaffeetrinken. . Es war so kalt, dass meine langen Dracula-Zähne ständig klapperten.

Mein alter, uralter, weitläufiger Spukpalast von tausend Hektar war wie üblich in Dunkelheit gehüllt. In diesem großen Garten und Palast lebte früher nur eine Person. . Wer

'' ICH. . . Außerdem, wer lebt?

Darüber hinaus ist die Wahrheit, dass ich es nicht mag, wenn sich jemand in mein Zuhause und meine Routine einmischt. .

Eigentlich bin ich ein sehr Einzelgänger. . Das Gespenst. . Ja, ich bin ein Geist. .

Übrigens mag ich den Winter sehr. . Ich genieße es, im Winter lange aufzubleiben, fernzusehen und Kaffee zu trinken.

Damals war ich sehr gut gelaunt und kochte Kaffee in meiner zwei Fuß hohen Tasse.

Meine derzeitige Lieblingssendung im Fernsehen

"Abendessen mit dem Teufel"

Es sollte gleich losgehen. Es war meine allerliebste Show und ich habe den ganzen Tag darauf gewartet. Das plötzlich. Meine ganze Stimmung war verdorben.

Jemand trat ein, indem er das große schwarze Tor des Palastes öffnete.

Ich sah vom Balkon herunter.

Er war ein junger Mann, der einen langen schwarzen Mantel und volle Stiefel trug. .

Er hatte die Fackel in seiner Hand angezündet und inspizierte den Garten.

Irgendwo im Dunkeln. . Es kam aus meinem Mund.

Er inspizierte meinen Palast mit einer Taschenlampe, als hätte sein Vater dieses Anwesen in seinen Namen geschrieben.

Sei vorsichtig, mein Sohn. . Ich genieße dich. . Ich grummelte. "

Außerdem war er wahrscheinlich bereit, den Geschmack zu kosten, also betrat er den Palast.

Ich war überrascht über seinen Mut. . Der Schrecken meines Palastes war weit verbreitet. Früher fürchteten sich die Menschen sogar , tagsüber daran vorbeizugehen. . In der Nacht nahm sein Schrecken um ein Vielfaches zu. Mein Palast wurde als das am stärksten beschädigte Haus in dieser Stadt bezeichnet.

Der Junge legte die große Tasche, die er in der Hand hielt, beiseite. Außerdem nahm er das Ladegut heraus und verbrannte es. Jetzt konnte ich seine Gestalt deutlich sehen.

Er sah nervös aus und sah sich mit ängstlichen Augen um. . .

Ich schwieg immer noch vollkommen. . „Lass mich zuerst den Grund wissen, warum er zu dieser Zeit hierher gekommen ist …“, dachte ich

Plötzlich ein Anruf auf seinem Handy. .

Er rollte auf und nahm das Telefon ab. .

Hallo. . Ja Amelie! Ich bin angekommen. . Ja, ja, ich sage die Wahrheit. . Ich bin im Palast. . Ja drinnen.

Schalten Sie das Video ein, wenn Sie es nicht glauben.

Schau, Amelia, ich spiele mit meinem Leben. . Sie werden sich nicht an Ihre Verpflichtung erinnern, oder?
„Oh.“ Ich habe die Sache verstanden.“

Er hatte mit jemandem gewettet und kam in dieser gruseligen königlichen Residenz an.

Es war nicht das erste Mal. . Das war schon einmal passiert. . Viele Leute. Jungen und Mädchen besuchten mein Haus.

Allerdings ging damals mein Zähler rund.

Die weniger Glücklichen hatten sich über mein Spukhaus lustig gemacht. . Früher hat er sich mit einer Wette hier reingeschlichen, um zu sehen.

Übrigens habe ich die Besucher nicht zu sehr gestört. . Nur leichte Streiche. . Als ob er früher vorbeiging und seinen Schatten zeigte. Alternativ verstreute er ihre Habseligkeiten etc. . . .

Andererseits würde er den Platz der Waren ändern und sie an einen Fächer oder einen Baum hängen. . Usw.

Doch wer mich herausfordern würde,

Das heißt, komm und töte mich, dann war's das...

Sehen Sie, jedes Geschäft und jedes Spiel hat einige Regeln.

Ich habe nichts dagegen, dass Leute tagsüber zu meinem besten Palast kommen und herumlaufen. . Machen Sie Fotos und kehren Sie zu Ihren Häusern zurück.

Wenn jedoch jemand unhöflich um Mitternacht mit einer Wette in mein Haus einbricht und meine Einsamkeit stört, habe ich absolut keine Toleranz.

Außerdem glaube ich nicht, dass eine Hexe, egal wie schüchtern sie ist, oder kein Geist, egal wie leise sie ist, solchen bösen Jugendlichen Spaß macht.

Ich war in einem schlechten Zustand. Dieser Junge hatte den ganzen Spaß meiner Kaffeetasse und meines Fernsehprogramms ruiniert.

Außerdem brachten Sie und die Kleine ihre Sachen in mein Zimmer.

So ein großes Haus, das so viele Schlafzimmer hatte, an deren Anzahl ich mich nicht einmal richtig erinnern konnte – aber er musste in diesem Zimmer sterben.

Ich lag auf dem Bett, das von der Decke hing, und öffnete mein Blut.

(Ich brauche euch nicht zu sagen, dass er mich nicht sehen konnte, wenn ich es nicht wollte.)

Wenn ich gewollt hätte, hätte ich den Jungen samt Habseligkeiten aufheben und aus dem Haus werfen können. Aber. Ich bin ein edler und familiärer Geist. Ich habe nie jemanden berührt; Ich mache ihm oder ihr nur Angst.

Ich schaute. Er betrachtete sehr nervös das Bild von jemandem auf seinem Handy. . Von einem Mädchen

Ich sah genau hin, aber ich konnte die Gestalt des Mädchens nicht richtig erkennen. Ich habe meine Brille im Fernsehraum vergessen. Tatsächlich war mein Sehvermögen seit dem Alter von zweihundert Jahren schwach geworden. Ich konnte entfernte Objekte nicht sehr deutlich sehen. Vielleicht lag es daran, dass ich zu viel ferngesehen habe. Ansonsten gibt es keinen anderen Grund, warum die Augen in so jungen Jahren schwach werden.

Dann fühlte ich einen leichten Unfug. .

Ich lehnte mich auf meinem Bett nach vorne. .

\ Herzlich willkommen. . O junger Mann. "

Ich bin." Er hatte große Angst. "

Wer. Wer ist? "Er fing an, sich umzusehen."

Ich hielt mein Lachen mit großer Mühe zurück.

Gute Nacht". "

"Oliver bedeckte seinen Kopf mit einer Decke."

Sein Herz schlug schnell. .

Dieser Palast wird wirklich heimgesucht." Er dachte nach."

Wie werden diese drei Tage und drei Nächte vergehen? "

Ach Amelia! Sie mussten auch eine so strenge Bedingung für die Eheschließung stellen. . Murmelte er hilflos.

Außerdem, welche Art von Ehe? Wenn kein Leben verschont bleibt, dann. . ?"

Schau Oliver! Wie kann ich sicher sein, dass du mich wirklich liebst?" Amelia schüttelte ihr seidiges Haar.

Er verlangte viel Geld.

Also glaube es nicht. . Heirate mich einfach. . Allmählich wirst du an meine wahre Liebe glauben. . Oliver grunzte.

Wow! Was ist passiert?" Amelia starrte ihn an.

Nun denn, ich schreibe mein ganzes Eigentum auf deinen Namen.

Welche Eigenschaft? Nun, das ist Ihre Dreizimmerwohnung. Sie werden meinen Namen schreiben, in dem auch deine Mutter und deine Schwester leben. Amelia sprach sarkastisch.

Ja, ja, meine Schwester wird heiraten, und dann bleiben wir bei dir." Daher gehört das Eigentum nicht Ihnen. ?"

Es ist nicht so, es macht keinen Spaß. Es soll ein Abenteuer geben". . "Amelia hat ihn mit tiefen Augen gewogen."

„Ja, die Idee." Wenn du mich wirklich liebst, musst du eine meiner Bedingungen erfüllen. . Grün für dich."

Du musst zum Palast gehen.

Was. Grüner Palast? Er ist verletzt. Außerdem, was werde ich tun, wenn ich dorthin gehe? Oliver zuckte zusammen, nachdem er den seltsamen Zustand gehört hatte.

Lassen Sie einfach die Luft aus dem Liebesballon. . Saba scherzte.

Wenn du mich heiraten willst, kommst du zum Green Palace und bleibst dort drei Tage und drei Nächte. Drei ganze Tage. . Wenn du sicher zurückkommst, werde ich dich heiraten. . Sofort. . Einverstanden?

Ah. . Gut. Genehmigt". "

Am Morgen wurden mir durch sein Klopfen die Augen geöffnet.

Er wusste, was er aus seiner Tasche holte.

Hoppla! Ich fühlte einen starken Schock. Früher habe ich lange geschlafen. Dieser ungebetene Gast ist mein aller Zeitplan wurden erstickt. Er holte verschiedene Sachen aus seiner Tasche und ordnete sie auf dem

Schminktisch, als hätte er diese Wohnung gerade erst gekauft.

Parfüm, Creme, Shampoo, Haarbürste. . Er nahm Zahnpasta und Bürste und betrat das Badezimmer.

"UFF. Ich habe die Zähne zusammengebissen."

Was zur Hölle. . Ich musste auch auf die Toilette. Jetzt muss ich Schlange stehen, um in mein eigenes Badezimmer zu gehen. "

Ja. . Amelia! Ich gehe aus. . Ja, ja, nur zum Frühstück. Hey Mann, drei Tage jetzt."

Ich kann nicht hungrig bleiben."

OK. OK. . Nur eine Stunde. Danach informiere ich Sie, sobald es soweit ist. . Wiedersehen. Pass auf. "

UF. Wütend wandte ich mich ab.

Es scheint, dass es nicht seine Freundin ist, sondern seine Mutter. Also halt. . Was passiert nach der Hochzeit, wenn dies jetzt der Fall ist?

Wird es? Alles, was übrig bleibt, ist, einen Riemen um den Hals zu legen. Es wird passieren. . Wo ist das Unglück?

Als er ausging, machte ich auch mein Frühstück und schaltete den Fernseher ein.

Oh. Ich begann glücklich zu schaukeln. Meine liebste Morgensendung“

Das Frühstück mit dem Geist hatte gerade begonnen.

Ich ging am Abend und betrat das Haus; Mein Blick fiel auf diesen Jungen. Er lag auf der Couch und las einen Roman.

Heute war fast ein ganzer Tag vergangen. . Ich habe ihn nicht belästigt.

Als sich die Dunkelheit ausbreitete, forderte der schreckliche Geist in mir seinen Tribut. . Ich war versucht, ihn zu erschrecken.

Er denkt, dass er ein großartiger Wrestler ist, er wird eine Tracht Prügel von mir abbekommen. . Von mir. . Kein Dschinn oder Geist in der Umgebung hat ein größeres Spukhaus als meines.

Ich ging eine Weile darum herum. .

"Was soll ich machen?" Ich habe mich selbst gefragt.

Was soll man nun vor euch verbergen? Eigentlich wurde ich jetzt etwas müde. Jahre waren vergangen. Menschen erschrecken und vertreiben. .
Schließlich sind auch wir Geister Menschen. . Oh, bitte vergib mir. . Ich meine. Es gibt auch ein Herz in unserer Brust. Außerdem hat es Gefühle.

Oh. Warum denke ich so? Vielleicht wird mein Herz mit dem Alter weicher.

Andererseits ich

Deshalb hatten die Menschen, die hierher kamen, solche Angst, dass sie jahrelang nicht vergessen würden. Außerdem habe ich zwei junge Männer so sehr erschreckt, dass einer von ihnen völlig verrückt geworden ist. . Er wurde mehrere Monate in einer psychiatrischen Klinik behandelt. Den anderen ist etwas ähnliches passiert. Er wurde vor dem Tod bewahrt. . Die Wahl. .

Allerdings dieser junge Mann. . Wie heißt er? Oliver. .

Nun, ich lasse ihn nicht so einfach drei Tage verbringen.

"Diese Ehe ist nicht einfach, verstehe das einfach."

"Es gibt einen Feuerfluss und er soll ertränkt werden"

Oliver brach dem Löwen mit einem lauten Schrei das Bein

Du hast wieder Unsinn angefangen". . sagte Amelia dagegen missbilligend.

Sag das nicht. . Schließlich gebe ich deiner Liebe so eine harte Prüfung. Sagte Oliver sehr liebevoll.

Vielleicht hatte er vergessen, was für ein schrecklicher Platz er da saß.

Es scheint, dass falsche Geschichten über diesen Palast verbreitet wurden. . Du bist so friedlich wie im Grünen Palast."

Nein, Sie sitzen im Taj Mahal. Amelie war überrascht.

Hey meine Königin Alia! Wenn Sie uns ansprechen, wird überall automatisch Taj Mahal." . Oli"

Hätte er einen Tag im Palast verbracht, hätte er sich vielleicht für einen Helden gehalten.

Wenn du befiehlst, wird dieser Sklave den Grünen Palast in deinen Namen schreiben."."

"Guter Schwager, Kinder von Verrückten" - ich knirschte mit den Zähnen.

„Ich werde es dir jetzt sagen ... Dein Vater hat diesen grünen Palast gebaut."

Ich saß auf meinem Bett, das an der Decke befestigt war, und hörte ihm lange zu.

Ich nahm schnell den letzten Schluck meines Kaffees und reichte Oliver die leere Tasse. .

Komm schon. Komm schon. Oliver schrie zu lange.

Das Handy fiel ihm aus der Hand. .

Mama." Er schrie und verbarg sein Gesicht mit dem Kissen.

Was ist passiert Oliver? Was ist passiert? Amelias Stimme kam immer wieder von der anderen Seite.

Geh gleich. . Grüner Palast. . Im Namen meiner Cousine Amelia. "

Ich sah nach unten. . Sofort lachte ich.

Oliver saß mit einem großen Verband auf der Stirn auf dem Sofa.

Seine Nase war rot und geschwollen. Wie ein Zirkusclown.

Ich weiß, es ist weg. . Ich habe das Ende davon, Unsophisticated von mir zu nehmen. . Ich lächelte."

Er sah sehr verängstigt aus. Er sah sich ständig mit ängstlichen Augen um.

Als sein Telefon klingelte, zuckte er fürchterlich zusammen.

Hallo! Mama." Er fing an zu weinen."

Ja Mama. . Mir geht es gut. . Ja mir geht es gut. . Sagte er im Sitzen.

"Mama, heute sind zwei Tage vergangen, nur noch ein Tag."

Das ist Mutter Amelias Wette.“, sagte Oliver, während er sich mit erschrockenen Augen umsah.

Was"? Mama, wie kann ich Amelia und ihre Wette vögeln?"

Du kennst weder Amelia noch mich. . . wie viel mehr. Er errötete.

Was wird mit diesem Bastard gemacht, mein Sohn, wenn dir etwas zustößt? Du bist mein einziger Sohn, mein Sohn, du bist meine einzige Stütze. Bitte"

Sohn, du bist genau zu dieser Zeit zurückgekommen. . Wenn sie es ernst mit dir meint, wird sie dich heiraten. . Meine Kinder. Mein Liebling "... Seine Mutter flehte ihn an.

Oh es tut mir leid. "

Arme Tante. . Ich dachte."

Aber was soll ich tun, wenn dieser Junge selbst in den Brunnen springen will. Ich werde niemanden gegen meine Prinzipien anhören. Ich werde ihn nicht einfach zurückgehen lassen. Ich werde es mir weiterhin schmecken lassen. Ich werde ihn definitiv dafür bestrafen, dass er in mein Haus eingebrochen ist.

Entschuldigung Tante. . .

Seitdem mein Lieblingsprogramm des Abends

Live-Chat mit Churails

Es fing wieder an und es gab keinen Platz für mein Glück.

Ich kann keine Einmischung während dieser Show tolerieren, aber die Diskussion über diese Ghule hat meine gesamte Show ruiniert.

Nein Oliver, überhaupt nicht. . Amelia war sehr stur und egoistisch."

„Wenn Sie drei Tage nicht absolvieren, sehen Sie das als Absage meinerseits an … Natürlich."

Aber Amelie! Ami macht sich große Sorgen. Sie lassen mich nicht einmal eine Minute länger hier bleiben. . Oliver flehte.

"UFF". Eine davon ist deine Mutter... Amelia knirschte mit den Zähnen.

Wenn sie wollen, legen sie dich in ihre Arme. . Warum mischen sie sich schließlich in unserer Mitte ein? Und zu dir"

Warum musste ich ihnen die ganze Geschichte von Ram erzählen?" Amelia zitterte.

Ich lüge meine Mutter nie an", sagte Oliver.

Außerdem, wenn ich nach drei Tagen nicht rauskomme, dann? Meine Mutter wird mich weiter beobachten." Seine Stimme füllte sich

.

Oliver! Wahre Liebe hast du nur für deine Mutter. Hier sagst du Mama, hier ist deine Stimme voll.

Amelia war schwer verbrannt.

Außerdem liebe ich dich weniger. "Du zweifelst." Trotzdem – Oliver war geschockt."

Ja, es gibt Zweifel. . Wenn Sie mich überzeugen wollen, müssen Sie drei Tage in diesem Palast verbringen. "

Sie ist ein großes Mädchen. . Ich war überrascht.

Ich spähte zu Oliver, der bei einem Videoanruf sprach.

Ich habe mich schlecht gefühlt. . Auf der anderen Seite sah mich Amelia an. . Ich spähte für ein paar Sekunden hinter Oliver und zeigte Amelia meinen Blick. . Er war überwältigt. .

»Oliver hinter dir … Was ist das? Der Geist … Der Geist.«

Ich zwinkerte ihm zu. . Sie schrie und wurde ohnmächtig.

Eulen. "Ich habe den Missbrauch in meinem Mund gestoppt."

Jetzt weiß ich. . Es wird passieren. . Schließe drei Tage in diesem Geisterpalast ab. . "

Dieses Mädchen. Dieses Mädchen. Wer ist?

Ich habe ständig versucht, mich zu erinnern.

"Wo habe ich ihn gesehen?"

Seit ich Amelia gestern Abend am Telefon gesehen habe, kam mir ihr Gesicht bekannt vor.

Dann. . Plötzlich. ich erinnerte mich

„Ich habe Amelia schon einmal gesehen ... das heißt, sein Bild.“

Dies ist eine ähnliche junge Dame, zu der zwei junge Burschen gekommen waren, um in meiner königlichen Residenz zu bleiben, bevor sie ihre Bedingung erfüllten.

Wen ich wahnsinnig erschreckt habe. "

Oh. Dieses Mädchen hatte ein Spiel gemacht. Früher hat sie ihre Liebhaber wirklich in den Wahnsinn getrieben. . Übrigens auch das durch mich. .

UF. Was für ein böses Mädchen diese Amelia ist. . Wie stolz er auf seine Schönheit ist. .

Ich werde ihn bestrafen. . Ganz schlimme Strafe. . Aber was?

Was soll ich machen?"

Endlich habe ich das Rezept verstanden.

Oliver hat sich riesig gefreut.

Drei ganze Tage und drei Nächte hatte er in diesem Geisterpalast verbracht. Jetzt packte er seine Sachen.

Summen. . .

Der Geist hatte ihn nur ein wenig erschreckt und ihm nur ein wenig wehgetan. .

Er berührte den Verband auf seiner Stirn.

Ist egal. . In der Liebe muss man große Wunden essen. . "Er fing an zu lächeln."

Oliver hatte all seine Sachen gepackt. . Er zog seinen Mantel und seine Schuhe an und begann, den Palast zu verlassen.

Draußen wurden die Abendschatten dunkler. . Die Bäume in der Ferne neigten ihre Köpfe und waren sehr traurig. Überall herrschte Stille und Dunkelheit.

Oliver hat sich riesig gefreut. .

Träume vom Zusammenleben mit Amelia wurden gesehen. Es summte. .

Ein seltsames Lied. . Eine sehr gruselige Melodie. . Wie ein Dämon, der dich beobachtet. .

Summend verließ er den Palast. .

Ich fing an zu lachen." Auf Wiedersehen Oliver"

Ich habe Oliver nichts gesagt. . Ich meine nichts weiter. .

Ich habe es gestern Abend gemacht. . Mitten in der Nacht hatte ich Angst im Schlaf. . Nur ein wenig. .

Er wusste nicht einmal, was mit seinem Verstand passiert war.

Jetzt wird er zurückgehen und Amelia heiraten.

Von dieser Hexe, der bösen Amelia. . Dann manchmal. .

Erst in der vierzehnten Mondnacht bekommt Oliver Besuch. . Außerdem wird in dieser Nacht ein Geist ausreichen. .

Außerdem wird seine Frau Amelia nur erschrecken. . Amelia, die die Menschen in den Wahnsinn treibt, wird so sehr gequält, dass sie den Verstand verliert.

Sein Geist hat den Himmel erreicht und wird korrigiert werden. .

Ich fing an laut zu lachen, als ich mir das vorstellte. .

Tschüss Oliver. . Viel Glück."

www.ingramcontent.com/pod-product-compliance
Lightning Source LLC
LaVergne TN
LVHW020606160826
845677LV00020B/4175
* 9 7 9 8 3 5 5 3 5 8 9 2 1 *